Ce livre appartient

À Lili, ma plus belle source d'inspiration...
À Tao et Maé. À Sandrine, mille mercis.

Les émotions de Gaston

JE SUIS EN COLÈRE

Aurélie Chien Chow Chine

hachette ENFANTS

Voici Gaston.
Une petite licorne comme toutes les autres,
ou presque...

Parfois, Gaston est content.
Parfois, il n'est pas content.
Parfois, il se sent triste.
Parfois, il a peur.
Parfois, il est en colère.

Ce sont des émotions.

Et Gaston,
il ressent toutes sortes d'émotions.
Comme toi.

Mais *Gaston* a quelque chose de magique :
sa crinière.

Quand tout va bien, sa chevelure
prend les couleurs de l'arc-en-ciel.

Sinon, elle change de couleur
en fonction de ses émotions.

joyeux

jaloux

en colère

coupable

timide

apeuré

boudeur

triste

Comment se sent Gaston en ce moment ?

Très mal !

Ah, Gaston se sent très mal.
Il fait tout noir dans son cœur
et il va nous expliquer pourquoi.

Et toi, comment te sens-tu aujourd'hui ?

très bien

bien

assez bien

pas très bien

mal

très mal

Pourquoi Gaston se sent-il si mal ?

La plupart du temps, tout se passe en douceur, sans nuage.

À la maison, à l'école,
Gaston s'occupe dans le calme.

Mais il y a des jours où rien ne se passe
comme il en a envie.

Et parfois, cela contrarie Gaston.

Quand, par exemple, il a décidé d'aller jouer
dans le jardin et qu'il se met soudainement à pleuvoir,
Gaston s'énerve.

Quand il doit aller à l'école à pied,
mais qu'il n'a pas envie de marcher,
Gaston s'énerve.

Et si Papa refuse de le porter,
Gaston se met en colère.

Quand Maman l'appelle parce que c'est l'heure du bain, mais qu'il ne veut pas se laver, Gaston s'énerve.

Et quand vient le moment de sortir de l'eau,
mais qu'il a encore envie de jouer,
Gaston se met en colère.

Quand il a décidé de faire quelque chose tout seul, comme un grand, mais qu'il n'y arrive pas, Gaston s'énerve.

Parfois même, il tape des pieds et se roule par terre ! Il ressent beaucoup de colère !

Une énorme colère !

Comme si dans sa tête, il y avait un gros nuage noir.
Un nuage rempli d'éclairs.

Au lieu d'attendre que le nuage s'éloigne lentement,
si on le chassait avec un **mouvement de respiration** ?

Toi aussi, quand tu sens ce nuage de colère t'envahir,
tu peux faire ce mouvement pour le chasser.

Mouvement de respiration pour chasser le nuage de colère

1 Gaston ferme les yeux.
Il imagine le gros nuage dans sa tête.
Il inspire par le nez en gonflant son ventre et il tend ses bras le long du corps, poings fermés.

2 Gaston bloque sa respiration.
Il monte et descend ses épaules plusieurs fois rapidement, comme s'il pompait toute sa colère pour la faire remonter dans le nuage.

3 Gaston souffle très fort par la bouche en relâchant ses épaules et ses mains.
Il chasse son gros nuage de colère !

Gaston fait ce mouvement **3 fois**.

Il faut bien 3 respirations
pour chasser les derniers petits éclairs !

Puis il reprend une respiration calme.
Maintenant qu'il a chassé le nuage de sa tête,
il peut y inviter un **beau soleil**.

Gaston se sent beaucoup mieux, plus tranquille.
Il a retrouvé sa bonne humeur et ses couleurs arc-en-ciel !

Et si à nouveau les choses ne se passent pas
comme il le voudrait, ce n'est pas grave.
Il garde son calme.

Si toi aussi,
tu as remplacé le nuage par le soleil,
tu te sens peut-être détendu, apaisé.
Et ton **sourire** va pouvoir revenir !

Retrouve toutes

Les émotions de Gaston

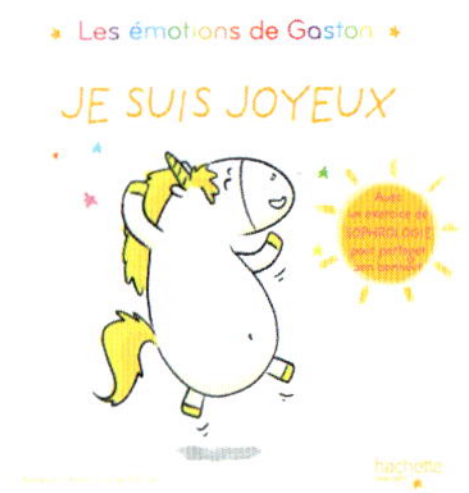

PAPIER À BASE DE FIBRES CERTIFIÉES

hachette s'engage pour l'environnement en réduisant l'empreinte carbone de ses livres. Celle de cet exemplaire est de : 200 g éq. CO_2
Rendez-vous sur www.hachette-durable.fr